Discard
Y0-BZJ-861

Nota para los padres y encargados:

Los libros de *Read-it!* Readers son para niños que se inician en el maravilloso camino de la lectura. Estos hermosos libros fomentan la adquisición de destrezas de lectura y el amor a los libros.

El NIVEL MORADO presenta temas y objetos básicos con palabras de alta frecuencia y patrones de lenguaje sencillos.

El NIVEL ROJO presenta temas conocidos con palabras comunes y oraciones de patrones repetitivos.

El NIVEL AZUL presenta nuevas ideas con un vocabulario más amplio y una estructura gramatical más variada.

El NIVEL AMARILLO presenta ideas más elevadas, un vocabulario extenso y una amplia variedad en la estructura de las oraciones.

El NIVEL VERDE presenta ideas más complejas, un vocabulario más variado y estructuras del lenguaje más extensas.

El NIVEL ANARANJADO presenta una amplia de ideas y conceptos con vocabulario más elevado y estructuras gramaticales complejas.

Al leerle un libro a su pequeño, hágalo con calma y pause a menudo para hablar acerca de las ilustraciones. Pídale que pase las páginas y que señale los dibujos y las palabras conocidas. No olvide volverle a leer los cuentos o las partes de los cuentos que más le gusten.

No hay una forma correcta o incorrecta de compartir un libro con los niños. Saque el tiempo para leer con su niña o niño y transmítale así el legado de la lectura.

Adria F. Klein, Ph.D.
Profesora emérita, California State University
San Bernardino, California

Redacción: Jill Kalz
Diseño: Amy Muehlenhardt
Composición: Angela Kilmer
Dirección artística: Nathan Gassman
Subdirección ejecutiva: Christianne Jones
Las ilustraciones de este libro se crearon con acuarela y lápiz.
Traducción y composición: Spanish Educational Publishing, Ltd.
Coordinación de la edición en español: Jennifer Gillis/Haw River Editorial

Picture Window Books
5115 Excelsior Boulevard
Suite 232
Minneapolis, MN 55416
877-845-8392
www.picturewindowbooks.com

Impreso en los Estados Unidos de América.

Todos los libros de Picture Windows
se elaboran con papel que contiene por
lo menos 10% de residuo post-consumidor.

Library of Congress Cataloging-in-Publication Data
Klein, Adria F. (Adria Fay), 1947-
[Max celebrates Chinese New Year. Spanish]
Max celebra el Año Nuevo chino (Max celebrates Chinese New Year) / por Adria F. Klein ; ilustrado por Mernie Gallagher Cole ; traducción, Sol Robledo.
p. cm. — (Read-it! readers en español)
Summary: Max's friend Lily invites him to her family's celebration of Chinese New Year.
ISBN-13: 978-1-4048-3794-2 (library binding)
ISBN-10: 1-4048-3794-9 (library binding)
[1. Chinese New Year—Fiction. 2. Friendship—Fiction. 3. Hispanic Americans—Fiction. 4. Spanish language materials.] I. Gallagher-Cole, Mernie, ill. II. Robledo, Sol. III. Title.
PZ73.K54355 2007
[E]—dc22 2007006183

Max celebra el Año Nuevo chino

por Adria F. Klein
ilustrado por Mernie Gallagher-Cole
Traducción: Sol Robledo

Con agradecimientos especiales a nuestras asesoras:

Adria F. Klein, Ph.D.
Profesora emérita, California State University
San Bernardino, California

Susan Kesselring, M.A.
Alfabetizadora
Rosemount-Apple Valley-Eagan (Minnesota) School District

PICTURE WINDOW BOOKS
Minneapolis, Minnesota

Max y Lily son buenos amigos.

Lily invita a Max a una fiesta con su familia. Mañana es el primer día del Año Nuevo chino.

Lily está muy emocionada. Le dice a Max que el Año Nuevo chino es como el Año Nuevo que él celebra.

Max lo celebra el 1º de enero.

El Año Nuevo chino es en enero
o febrero. Dura quince días.
La familia de Lily celebra cada
día de una forma especial.

29日
J V S
6 7
14
27 28

Lily y sus padres se preparan para la fiesta. Limpian la casa.

Max les ayuda.

Lily y Max ponen un mantel rojo en la mesa.

El rojo trae buena suerte.

Lily pone flores en la mesa.
Las flores traen felicidad.

Max pone naranjas en la mesa. Las naranjas también traen buena suerte.

Al día siguiente, Lily, sus padres y Max se ponen ropa nueva para el Año Nuevo chino.

Comen arroz dulce. También comen galletas y dulces.

Lily y Max se divierten mucho con el desfile del dragón.

Max quiere celebrar el Año Nuevo chino con Lily cada año.

Max y Lily son buenos amigos.

Más *Read-it!* Readers

Con ilustraciones vívidas y cuentos divertidos da gusto practicar la lectura. Busca más libros a tu nivel.

Max va a la biblioteca
Max va a la escuela
Max va a la peluquería
Max va al dentista
Max va de compras
Max va en el autobús

Max aprende la lengua de señas
Max come al aire libre
Max se queda a dormir
Max va de paseo
Max y la fiesta de adopción

En la red

FactHound ofrece un medio divertido y confiable de buscar portales de la red relacionados con este libro. Nuestros expertos investigan todos los portales que listamos en FactHound.

1. Visite *www.facthound.com*
2. Escriba este código: 1404831479
3. Oprima el botón FETCH IT.

¡FactHound, su buscador de confianza, le dará una lista de los mejores portales!

www.picturewindowbooks.com